獻給母親
獻給女兒

序

媽媽要活到幾歲才能死掉？

當媽媽以後我超怕死
死了孩子怎麼辦呢

但人到底都會死的
媽媽要活到幾歲才能
安心死掉呢
媽媽
要活到妳斷奶才能死掉
等妳正式告別媽媽的乳房
與人生中第一個玩具徹底分手
愛上新的小熊或青蛙
然後才能死掉

媽媽不能讓死亡奪走
妳的第一次依戀

或是活到妳上學再死掉
看妳背上學校的醜書包
陪妳走過陌生的校門
然後放開妳的小手
任妳奔向笑鬧與惡意的流言
必要時玩弄權力一如玩遊戲
學校要學的東西好多

或是活到我們去看完第一場電影
一定要是喜劇
我們的笑聲才能滲入
電影院的座椅
和爆米花屑和世代塵蟎
和飄落的頭髮一起封印

或是活到妳談戀愛
看著妳學習愛人與傷人
被愛與被傷
抹去妳的淚水，帶妳去喝啤酒
或著抽一根我還沒試過的大麻

確認哀傷與喜悅能夠共處
失去與擁有開在同一株枝頭
春天短暫，而秋季綿涼

或是活到妳結婚，我才能
親口說出那充滿暴力的話語：
「媽媽一生沒有打過妳，妳敢結婚
我就打斷妳的腿。」
演出吵架摔門飛奔和解流淚的芭樂劇碼
然後我就能放心離開
確定人生最糟糕的時刻已經過去
從此沒有什麼鬧劇能夠打擊妳

或是活到妳生孩子，重新開啟
一段承諾，妳終於體會到媽媽
放棄人生來愛妳的老眼
然後跟妳說，不要怕
別慌，我會幫妳
再被妳嫌棄一遍
又一遍
或者我只是想知道
妳的孩子會不會跟妳一樣迷人
知道妳的人生
也從此失去
隨便死亡的選擇

媽媽的年歲
伏貼在孩子人生上
一道燭光一隻影子
媽媽的根越紮越深
死亡無論何時
都充滿愧疚與不捨
媽媽不能成佛
媽媽會下地獄

2018 寫於生日

目次

孕期

Dear,

腹中的妳，六個月大了。

肚皮開始有緊繃感，然後綻開第一道妊娠紋，鮮紅小小的裂痕，像火焰吻過，像仙人掌身上湧出的花，帶來終究豐盛的果。

孕期如同漲潮，海漲潮的時候是否也會有飽脹的疼痛？潮水慢慢高昇，推掉海灘上的沙堡，改變海岸線原本的輪廓，我的陸地，一直一直後退。

我慢慢理解從前人類為何將月亮視為陰性，月亮的週期如此圓滿，周而復始著生命所有可能，月亮吸引著潮汐，如果沒有月亮，這個世界的黑暗將一片靜寂。

妳在子宮裡會聽見什麼聲音呢？會如同我在海洋中聽見的嗎？妳會聽見水的推擠和氣泡聲嗎？妳還不明白什麼

是水吧。因為妳就在羊水之中，被水包圍，人不能認出完全包圍自己的東西。妳能感覺陽光和月光嗎？

今天產檢，妳用手把自己的臉擋住，不讓醫生用超音波看妳。事實上妳在子宮中被醫生攝影，這本身就是權力的不對等，因為妳不能夠發聲抗議，不能躲避，甚至不明白自己被攝像的事實。妳知道有人在偷看妳嗎？

妳在小宇宙中做夢、清醒，規律地踢著小腳。我想知道妳會做什麼夢，但就跟大部分的夢一樣，等妳醒來，大概就忘了。

最初的故事，就由我來說給妳聽，一如傳說，一如神話。

愛妳的媽媽

蘑菇前

十六週

小冬青

寫給腹中女兒

冬眠是長達十個月的
關於一株格外漂亮的小冬青
她搖滾的春天
會來得慢且空靈

冬季陌生的語言
慢慢滲進她的血液
使她不自覺地舞蹈起
擊打宇宙，一記完美的閃雷
海洋也為她震動

聽啊，聽啊
最老的珊瑚都顫抖如豎琴
海葵都驚詫得張開了千臂

看啊，看啊
陸地就這樣拱起
始知世界奔流起來皆有因
無視日光或者月色的招引
她潮汐得更快些更年輕些

我閉上雙眼時
小冬青的夢便滲進一些雪
陷落在她粉紅色的眼瞼

有時候我找不到她，因冬眠是很深
很隱密的迷宮
但我還是對著森林呼喚
把豆子和麵包撒在小徑
把最漂亮的鳥羽藏在落葉底下
或者
把剛寫好的詩填進樹洞裡
小冬青躲在霧氣之間
我確定她夢遊時會看

她的根非常廣袤
遠超過我認識的所有地理

遠超過大陸，冰原，極光拂過的最邊界
遠超過黑夜與白晝的更迭
還要再過去一些
超過我能理解的所有象限
再過去，我就會瓦解

我好想去小冬青去過的地方
不過她還在睡
也許她也想看看我的旅行
我醒著的時間多一些
相遇的那一天
我想我們都會哭泣的
整座森林都嘶喊出聲

因為喜悅
因為春天

蘑菇前五週

一個人吃飯、一個人旅行對我而言是一種重生儀式，懷孕之後這儀式失效了，變得無感了，我帶這無知的小獸看窗外風景流逝，卻無一絲一毫的暢快感，喜歡的食物變得沒有味道，很多人跟我說生出來以後會想把小孩塞回去，我卻期待這小獸快點從無明的狀態中出來，我需要自身的完整，我也需要個體與個體之間明確有界線的互動，尤其是聽著巴哈，小獸用膝關節用力頂我的肋骨，我除了疼痛之外，實在很難理解牠究竟是抗議還是狂喜。生命的誤讀從沒有語言就開始了，小獸也要準備迎來牠充滿謬誤的人生啊。

嘔吐

疼痛

胎動

蘑菇前
二週

森

一棵樹給你，一棵留給我
還有一棵給我們的孩子
這就是家
我們呼吸，共食，交談，等待
最後躺下的地方

蘑菇前一週

距離預產只剩下一週了，懷孕感覺完全就像《世界末日與冷酷異境》的主角一樣啊！

從腦袋變不好算錯零錢開始，經歷一連串啊啊啊哦哦哦黏膩潮濕超越體能與理解力極限的不舒服冒險，這十個月的故事快要結束了，中間吃了好吃的小黃瓜三明治、遇到神奇的粉紅色胖女孩、睡眠嚴重不足、也被愛說教很偏頗的惡霸狠狠毀滅了所有的威士忌存貨，現在已經走到要好好買件西裝、送人禮物、大吃一頓讚到爆的義大利料理並且和漂亮女孩子睡覺，性交三次然後看著獨角獸頭骨發光的時刻了，接下來就是開著車聽鮑伯·迪倫去海邊，等待我的影子和我分開的

蘑菇前
一週

最末篇章了，我的影子就要結束十個月的長夢走出深潭了。

但是讚到爆可以連吃兩份檸檬蛋糕和美味燉飯和生蠔新鮮得像是剛剛從海裡撈起來一樣的義大利餐廳在哪裡啊?!你知道這本書最寬慰人心的就是世界末日前的大餐和睡覺嗎？沒有發光的獨角獸頭骨我也可以接受的啊！好哀傷，覺得自己像是一本漏印了的小說一樣遺憾。

順服

Dear,

我其實還不知道怎麼跟自己的身體好好相處。

更難以想像跟妳相處。

人人都說，要我做好胎教，要跟胎兒對話，但是我不知道怎麼跟妳對話，不知道要怎麼理解眼前的事實：一個全然陌生的人正活在我的體內，妳要通過我的身體，來到這個世界。

我的身體不再是我的所有物，它變成了一個通道，一個共有的空間，我們兩個人一起使用。

所以我不再攝取咖啡因和酒精，也盡可能少吃辣，垃圾食物也不能隨心所欲地吃了，妳正在限制我的身體。

更痛苦的是孕吐，吃魚蝦就吐、吃甜食也吐，幫家人慶生吃了蛋糕，過一下子就自己乖乖去廁所把蛋糕都吐出來，妳似乎不喜歡糖。

生魚片與生菜沙拉也被禁止了，擔心有寄生蟲。

混亂與不適究竟該從哪邊開始釐清，我討厭這樣的自己。長期以來，我用咖啡因和酒精、甜食支撐生活，建構出面對世界的勇氣，雕塑出一張玩世不恭的文青面孔，掩飾早已體力透支、身心俱疲的現狀。失去了刺激性的物質補給，我不能再隨意地熬夜寫稿，隔日靠著喝杯咖啡就上班一整天；沮喪到極點的時候我只能喝氣泡水，試圖振奮大腦；難過的時候，我是實實在在的難過，不能靠一小塊巧克力騙自己世界依舊美好。

我害怕停下來，害怕沒有產值，我害怕一旦提不出好的作品，世界就會離我而去，我是一個沒有用的人。

或許妳給我的第一個影響，就是讓我慢下來，承認自己非常非常累了，對自己的身體誠實。我推掉了未來一年的工作，也暫停了好幾個創作計畫。

妳知道嗎？工作其實是一種藉口，因為我可以假藉忙碌，逃避很多必須好好面對的問題。我做了一張剪紙，內容是一個小丑，同時拋接著好幾個球，而她的下身深陷在流沙之中，每次當我感覺自己又下陷一些，我就再增加一顆球，好集中注意力，忘記自己正在沉沒的事實。

我也害怕懷孕會讓我從此走入平庸的家庭主婦生活。大學的時候，有個教授曾經對我們說，女孩子要做藝術家就不要結婚，結了婚就做不了藝術家了。

我一直在抵抗這個詛咒，他說的是事實，全世界都會來欺負妳，說生兒育女是女人的天職。我想證明我不是，我不要！這很蠢吧，妳有個愚蠢的母親。

但家庭主婦是平庸的嗎？那不過就是男性壓榨我們的手段之一——貶低、羞辱、無視於女性的深沉存在。

妳的到來，讓所有逃避的問題具象化。不管承認不承認，作為一個平凡的人，懷孕讓我看清楚肉身是多麼脆弱：妳從臍帶急速吸收營養，若是沒有吃到足量的鈣片，半夜就會抽筋；如果吃得太鹹，全身就會水腫；孕期為尿道炎所苦，拚命喝水，一天要上十來次廁所；原本堅持不買孕婦裝的我，最後也不得不買，因為身體的曲線已經完全走樣了，懷孕晚期的我看起來像頭鯨魚。

有一次洗澡，我看著鏡子裡的陌生人：肚子上暴增的鮮紅妊娠紋有如大片火焰刺青、乳暈既黑且大、妊娠中線黑得像是頭野生斑馬，我不認識這個女人，她看起來太粗壯、充滿原始的騷氣。

妳徹底地改變了我。

同時我想起聖經上的一個詞彙：「順服」。妳的到來，教我理解了這個字，我必須對妳順服、對疼痛順服、對嘔吐順服、對時間、對命運、對我自己順服。

同時我必須相信妳。妳相信我嗎？
妳還沒有回答我，透過超音波我看見妳雙眼緊閉，妳正忙著長大。

愛妳的媽媽

蘑菇元年

一月

蘑菇元年
一月

#1

完全無法違抗激素的指令，雖然坐月子應該要好好休息睡覺，而且我專欄才寫一半，但滿腦子只想把小孩抱上來餵她吃奶，跟她說話，自己都被這強烈的母親欲望嚇到。這啟示了我，動物本能其實可以無限地強，而所謂理智其實是一種突變。

#2

蘑菇今天大便時露出「啊，大便好舒服」的表情。其實人生的快樂很簡單，好好尿尿，好好大便。

廿3

吉本芭娜娜的《食記百味》，有一段令我深受啟發。作者說父親會在便當裡放草莓和白飯，像這樣不適合撫養子女的父母還是拚命把小孩養大了，光是精神就值得感念。想到我媽以前把整條胡蘿蔔蒸熟了給我當早餐，又聽說胡蘿蔔素是脂溶性的，於是在裝胡蘿蔔的塑膠袋裡倒入很多橄欖油。當我在早自修拿出油亮亮的胡蘿蔔啃食的時候，大家都驚嚇不已。其實迷糊隨性的媽媽也是可以把小孩養到成年的，我一直覺得自己的個性和職業會是一個不適任的母親，其實壓力也不用那麼大嘛，想到這裡瞬間放鬆，充滿感謝，來吧蘑菇，我們終究要以真實的自我互相磨合。

#4

和拉麵討論被取名這件事情，拉麵覺得小孩如果可以自己說出名字來就好了，我說可是名字是別人稱呼你的方式，所以必須由別人來說出。

整部《地海》系列探討著，名字是別人約束你的方式，《陰陽師》也是。

所以名字很重要，名字不代表一個人的本質，而是代表這個世界如何定義了你，約束了你。那是這個世界在你身上畫下的第一條線，而你將以這一條線為起點，延伸它，繁殖它，或是改造它。

蘑菇元年
一月

#5

蘑菇今天睡一半突然尖叫大哭，那種哭聲絕對是做了噩夢。把她抱起來安撫，她好不容易睜開眼睛，慢慢回到這個不能言語的現實，眼神很疑惑。好想知道出生才28天的人會做什麼噩夢。

話說回來我今天問護士為什麼蘑菇會像人類一樣打嗝，說完才發現語病。我本來是想說她為什麼會像大人一樣打嗝……

蘑菇元年
二月

#1

蘑菇的頭毛聞起來像鸚鵡幼雛的味道。
有奶味，還有小動物溫暖的騷味。

#2

凌晨三點是蘑菇的娛樂時間，眼睛睜得大大地在床上手舞足蹈哭哭叫叫，昨晚蘑菇心情特好，開始發音練習，看著我的嘴，很認真地調整各種嘴型，然後突然發出一聲超可愛的：「噢？」

我打個呵欠稱讚她，她笑了，又再次發出：

「噢？」

我又打個呵欠繼續稱讚她，她更開心了：

「噢？」

凌晨三點，深夜的談話時間，噢。（倒地）

蘑菇元年
二月

廿3

蘑菇每次溢奶或是大便時就會笑，我猜那應該是很舒服吧。但她總是在剛換好衣服時溢奶，我努力把她的屁股弄乾爽剛擦完屁屁霜時大便，讓所有工作重來一次。有次她又在擦完屁屁霜後大便，我忍不住碎念，蘑菇笑嘻嘻的小嘴馬上縮起來，很嚴肅地看著我，令我滿心愧疚，彷彿打斷了世上最神聖的快樂。

#4

凌晨四點，學姊在巴黎品嚐法式蝸牛，我點讚，學姊傳訊來說妳也在另一個時區嗎？我說對，我在育兒時區。

蘑菇元年
二月

有些事

有些事我做得不好
大家卻拚命鼓掌
有些事我做得很好
但從來無人在意

我學會把微笑刻在臉上
這是世界給我的第一刀
更深處的哀傷
我把它們往微笑的黑洞裡藏

如果女人能夠卸下乳房
如同蘋果不再成為箭靶
你會驚訝於植物也能長出翅膀
沉重礦石也能飛翔

有些沙漠不適合仙人掌
有些鯨豚不適合海洋
為此我們渾身是刺
或者發明出
再也無人能懂的歌唱

蘑菇元年
三月

廿1

好想把蘑菇送去寵物沙龍洗澡和剪指甲。

#2

蘑菇早上又鬧，完全不知道她要什麼。繼上次「本日我只要安撫奶嘴其他都不用謝謝」的經驗後，我把她前幾天沒興趣的音樂鈴搬過來，說妳要這個就笑一下，蘑菇真的笑了，而且是那種很鼓勵性質的笑。

之後她便專心看音樂鈴，不時要我撥動上面的玩具，我一邊伺候著一邊深深納悶，這小東西究竟是如何從一團只會吃奶的動物，瞬間變成有主見有分別的人類？

她一邊看音樂鈴一邊發出想要的齁齁聲，越來越急，但我沒辦法把音樂鈴放在她手中，因為她連手是什麼都還搞不清楚。這就是憧憬吧，面對一個好像很美很舒服的「什麼東西」，好想要，但不知道怎麼拿到，也不知道拿到可以幹嘛，但就是好想要。玩具放在她胸前，沒用，她找不到方式擁有它，就哭了。

#3

昨晚瘋狂索奶咬到我痛哭，兩邊奶頭都起了水泡，整整三天堅持不吃瓶餵，一看見奶瓶就尖叫，今天卻突然接受了奶瓶且怒喝150毫升，每天醒來我都猶疑著這是我的小孩嗎？昨晚是否有妖精抱走了真正的蘑菇，換了別的嬰兒騙我？

#4

常常夢見我把蘑菇搞丟了或弄傷了，然後嚇醒，確認這小東西還在我身邊，從來沒有這麼害怕失去一個人。怕她吃不飽，怕她睡不夠，怕她脖子太軟，怕她紅屁股，怕她掉頭髮，怕不抱她會有心理陰影，怕抱太多她脊椎側彎。

都說新手媽媽壓力不要太大，生完蘑菇我笨得要命，打破奶瓶、打翻母乳，忘東忘西，一千字的文章要寫好久好久，覺得自己變成了沒有用的人，但是蘑菇這麼小這麼脆弱又這麼完美，我這個人怎麼可以沒有用呢這樣要怎麼照顧她，壓力好大。

壓力好大，可是以前讓我放鬆的最愛，現在

都沒有感覺了，小說、詩句、電影、咖啡、酒……這些美麗和精彩彷彿失去了飽和度，他們還是很精采，但是不再吸引我的心了。

我的心失去了感受力嗎？套句尼爾・蓋曼的話，我的心已經被拿走了。

我從來沒有這樣愛過，這樣絕對且毫無餘地地愛過一個人，好害怕。

蘑菇元年
四月

作1

有了蘑菇之後，我總是在微光中寫作。
開大燈怕吵到蘑菇睡覺，她睡了我才能開電腦，下一本詩集在微光中誕生吧。

#2

蘑菇今天突然發現自己的左手了，她吃驚地把左手舉在眼前，凝視再凝視，越看握拳越緊。因為這太過用力的觀看方式，她的指節都捏到發白了，我得把她的手拉開。今天她沒事就把左手舉起來看（很奇怪，她對右手卻視而不見，雖然她兩手都吃），彷彿隨身帶著新玩具，我握著她，告訴她這是手，妳的左手，可以抓握，可以撫摸，可以舔舔，蘑菇總是一再啟示我對於世界最初的悸動。

廿3

剛剛蘑菇又鬧不睡，因為今天已經抱她抱到腰拉傷，我把她放到大人的床上陪她躺著，開始說故事，故事是這樣的：

樹上住著小麻雀，樹下住著小烏龜。

小麻雀和小烏龜說話了，小烏龜問小麻雀上面的風景如何，小麻雀說都是綠色的樹呀。

小烏龜生氣地說樹才不是綠色的，是褐色的。

小麻雀說樹就是綠色的，一大片一大片像海。

小烏龜說樹明明是褐色的，一根一根的，像巧克力棒。

小麻雀說樹就是一片一片綠色的，裡面住了很多麻雀和啄木鳥。

小烏龜說樹就是一根一根褐色的，上面住著小螞蟻獨角仙，下雨還會冒出很多小蘑菇。

就在兩人吵得不可開交時，小松鼠跑出來了。

小松鼠說，樹既是綠色也是褐色的，既是一片片也是一根根的，樹上住了小麻雀、啄木鳥、小螞蟻、獨角仙、小蘑菇，還住了松鼠爸爸和松鼠媽媽。

然後蘑菇就睡著了，完美。

#4

這兩天因為不再抱她睡覺，蘑菇非常焦慮。我得不斷地告訴她我愛她，剛剛又在床上蹬蹬要哭，我摟著她慢慢說，媽媽要摺——衣——服——妳先睡——覺——睡醒來我們再一——起——玩？她聽完竟冷靜下來了。我把話再說一次，這次她不再鬧要抱抱，只把我的手掌拉過去偎近臉頰，然後閉上眼睛，放緩呼吸。彷彿說她也不是故意取鬧，她只是需要我愛她。

#5

三點被蘑菇抓起來聊天，她堅持要坐起來，咕嚕咕嚕一直講，我想不通為何作息正常她還是睡不到七小時，講到四點她突然呼嚕嚕地便便了，才想到昨晚我偷懶沒催她大便。一肚子屎也很難睡得著吧。

七點吃完奶她百無聊賴，左手也看膩了，躺在床上開始吃毯子，吃得嘖嘖有聲被我笑，她發出低沉的呵呵聲一起笑了，我看著她，想起懷孕時寫了首詩說我要帶她一起去旅行，孰料其實是她帶我去旅行，日日在這方寸斗室中小旅行，每一日都如此柳暗花明，都如此目不暇給。

帶妳去旅行

打妳從星星降落的那天起
我不再一個人旅行

都市中奔流著燈海
車窗外飄起微微霧雨
帶妳去旅行
從島嶼的邊陲
到海洋的核心

（或許妳也暈船？）
我成為一朵雲，一頭
戰戰兢兢的中年海龜
一匹肥胖而顛簸的水鹿
坐下成為沼澤
躺平變做盆地
奔跑時，我化身搖搖欲墜的露水
妳是水生的精靈

我帶妳去旅行
旅行是一場逃避不及的暴雨
我們都濕透

撫慰彼此皺巴巴的身軀
我帶妳去旅行
旅行是一道伸手可觸的彩虹
妳踢它一腳
彩虹變成穿越世界的橋

（或許妳也認床？）
我成為枕頭
我成為被褥
我成為床頭微笑的光暈
以及晚風溫軟的低吟
睡得深刻時，我的夢
會流到妳的夢裡去

如兩條異色的河
因地理的錯愛合而為一

帶妳去旅行
我成為流出的奶與蜜
帶妳去旅行
我成為海之韻和山之音
帶妳去旅行，給妳
我最愛穿的丹寧藍外套
一個人流浪的快樂
以及轉身的驚喜
給妳

生命中最純粹的存在與自由
之後的日子
妳要自己去奪取

說愛太俗氣
我帶妳去旅行
有一天妳也會帶我
去我喜歡的墓地
那邊有許多睿智的螢火蟲
牠們會以微光
告訴妳
旅行的意義

#6

凌晨一點半被喧嘩的遊客吵醒，蘑菇以為要起床了，兩眼發亮，開始對身邊的一切露出早安微笑。媽媽早安，枕頭早安，最好笑的是她把《大誌》兔子海報也當成親愛的家人一員，對著兔子猛笑，早，What a strange world!

#7

今天是我的生日，趁蘑菇入睡很快記下來：我慢慢理解每次的疼痛與挫敗都有原因，理解小寶寶的厭奶是身體的調節機制，上次蘑菇厭奶四天之後，奶量瞬間成長了兩倍，這次則是厭奶後又開始在凌晨三點醒來夜奶，我以為是睡過夜的訓練失敗，其實是她又迅速長大了，睡飽但吃不飽。小寶寶之所以很難捉摸，是因為她的人生正經歷第一次的身心狂飆期，沒有人追蹤得上，連她自己也在狂風中跌撞，但飛行是可喜的，狂飆是可喜的，這是我當媽媽以後一直得到的禮物，謝謝蘑菇，也謝謝我的母親，我們彼此成為對方生命中的尖刺與花朵、砂礫與珍珠，生日快樂！

#8

母親的權力：我這輩子從來沒有未獲允許就親一個人那麼多次。

而且可以一直親一直親，真是不可思議。

不過再過一年蘑菇就可以說不了，我就會被推開了，嗯。

#9

蘑菇這兩天一直吐舌頭，昨晚家裡烘烏魚子，整個屋子全是鹹騷濃稠的焦香，蘑菇睜著大眼睛拚命吐舌頭，彷彿是一隻胖蜥蜴，用舌頭品嘗空氣中奇妙的味道。

今天去咖啡店也是一直吐舌頭，濃醇熱呼呼的奶泡味道，果香馥郁的咖啡味道，有點海苔感的抹茶味道，一直舔空氣，一直流口水，好餓，生命中有各種餓，蘑菇正在體驗。

蘑菇睡了，我還醒著，媽媽的靈魂也好餓，趁微光讀兩行書，就要天亮了。

蘑菇元年
五月

廿1

蘑菇給我的禮物就是活在當下，我知道世界仍在燃燒，我知道冰山持續融化，我知道有人正無辜被囚，我知道我知道我知道，但是此刻我只能做好一件事，就是給蘑菇餵奶，專注於她的呼吸。

並不是我從此脫離憤青團，我永遠會是那個容易騷動容易感傷的憤怒詩人，但我稍稍懂得瞬間靜心的禪理了，專心活著，說好每一句話，做好你這一秒的事情，宇宙時間暫時停止，慢陀螺。

#2

今天我放棄洗衣，放棄整理永遠不會整齊的房子，放棄作息表，跟蘑菇一起賴床，我們兩個都很快樂。

廿三

很快地記一下，我覺得蘑菇在練習自己睡，她前晚小手一揮把我打開，自己咿咿嗚嗚地說話，哭一哭，搖一搖頭直到睡著，不要我拍也不要床邊故事，如果她能說話，我猜她其實想說：「不要煩我。」

#4

我趴在蘑菇身邊看書，觀察她，她真的在自己練習睡眠，捕捉睡眠與清醒的交界，讓自己滑進去。

我想過去四個月我還是不夠尊重她，我把她當成未經訓練的動物，這是錯誤的，我應當把她當做一個經歷星際旅行，來到異世界的人。介紹她新語言，協助她調整時差與壓力，然後帶她去吃好吃的義式冰淇淋。

蘑菇元年
五月

#5

媽媽不哭。

蘑菇最近視力更好，看得更多更清晰，我哄她入睡，自己累了，眼眶泛起淚水，原本一直蹬蹬的蘑菇突然安靜下來，含著奶嘴盯著我的淚眼，發出一連串的疑問：嘆嘆嘆？嘆嘆嘆？

我把眼淚擦擦，說媽媽沒有哭啦妳趕快睡覺吧。但眼淚還是繼續流出來，然後蘑菇做了一個超可愛的動作：她伸出小胖手來輕輕摸著我的臉，就像我平常安慰她一樣，我只好親她一千下做為回答。

#6

漫長的遺忘。

我對三歲前的自己或母親毫無印象，昨天蘑菇翻身成功，我傳給母親看，母親說我三個月就會翻了，蘑菇四個月算晚了。

那時我也像蘑菇這麼可愛呢。

蘑菇長大也會忘記這一段吧，忘記深深凝視過母親的淚眼，忘記半夜哭鬧後母親的擁抱，但這些會遁入血液之中，形成潛意識的冰山基座——遭遺忘的愛戀之河凍結而成。

母親把一部分的自己活在我身上了。

唉呀，蘑菇呀。

蘑菇元年
五月

#7

學會翻身以後，蘑菇一整天都在床上狂蹭，很想爬行，奈何身體動不了，動不了就哭，專欄寫個一百字就要去救她一次，眼看就要開天窗了。我需要完整的三小時，但蘑菇就跟杜瑞爾養的阿奇利斯陸龜一樣固執。

蘑菇抱起來就不哭了，小腳在空中蹬啊蹬，這樣就可以去想去的地方了，但是媽媽很不好使喚很麻煩，如果可以踩著空氣前進，蘑菇就是自由自在的孫行者了。

蘑菇元年
六月

蘑菇元年
六月

#1

昨夜的夢非常焦慮，夢中我在老家走來走去，總是有什麼不對勁，然後抬頭一看浴室的鏡子——我沒有影子。

立刻被嚇醒，伸手去摸蘑菇，蘑菇因為突來動作驚擾，開始盲目地摸索乳頭，最後吸起自己的大拇指，又睡去了。我卻失眠，想著自己死掉蘑菇該怎麼辦，想起自己的母親又該怎麼辦，理解為人母果真就有著這樣深刻的死生羈絆，不若以往輕狂了。

#2

自從我開始尊重蘑菇的生活作息之後，她的睡眠就很好，如果硬要哄她睡，反而哄不來。

蘑菇中午要午睡一個小時，吃了東西玩一玩就自動準備睡覺，睡時希望大人躺著陪她，今天她側躺著吸手指準備睡著，突然又便便，我抱著她說，幫妳換尿布，妳忍一下，換完再睡。她果真翻回來，讓我幫她擦屁股，擦完又翻回去睡覺。

小孩聽懂人話了真感動，忍不住親她。

但是媽媽的憂鬱指數直線上升，我獨處的時間太少了，不僅僅是忘記自己是誰，懷疑過去的一切都是假的：我是個不夠優秀的、不夠聰明的、不夠善良的人，我沒有資格出詩集或寫作或畫畫，我沒有才華。我應該一輩子都會這樣掙扎跪地，匍匐上班賺取微薄的薪水。最後平庸地退休或離職，一事無成。

像這樣的聲音會不斷湧出，使我不能全心享受陽光和小孩的笑容。我對這種狀況並不陌生，知道這就是警訊，當警訊出現得越來越頻繁時我就應該要改變現況了。所以六月要送蘑菇去托嬰中心上學，然後要把自己投入新的創作之中，還要學點新東西。

我其實不知道怎麼根治憂鬱，我知道病症伴隨著完美焦慮與無價值感與人際孤立，但是我不能一直倚賴外在肯定來支持自己，也不可能一直擁有稱心如意的經濟環境，用享樂轉移注意力。

憂鬱症是這個世紀的重要命題，我應該從與它初遇的驚詫轉型了，要深入去思考、爬梳它，然後讓它形成作品，從我身上脫離。

#3

生小孩前，寫作是村上春樹式的，我每天會逼自己一定要寫點東西，即使時間必須因上班遷就變動，產出量大致是固定的。

生小孩後，必須換成瑞蒙・卡佛了，不定時且不定量，游擊式地寫，視角變得更低，從織錦大圖成了小襪子，一隻一隻，排排躺著。

#4

有種莫非定律，就是剛把嬰兒的尿布換好還沒黏上去時，嬰兒就會尿出超級大量的尿，而且流到剛剛鋪好的新床單上。

#5

帶小孩只會讓完美主義的人變得更機車而已。

蘑菇元年
六月

#6

剛剛陪蘑菇玩到沒力氣了，我做個瞪眼鬼臉，結果蘑菇瞬間爆笑出來。

真有趣，這麼小的小孩子是怎麼理解滑稽這種事情呢？

生命共同體

Dear,

妳出生第一天，產房大爆滿，醫院沒有病房了，我只好坐在輪椅上被推來推去，滯留在待產房裡面，人來人往，昏昏沉沉。打針、吃子宮收縮藥、接導尿管、外翻的痔瘡和陰道傷口一齊撕裂疼痛、肚皮像只空皮袋搖晃著。

妳靜靜睡在我旁邊，我很想摸摸妳，又怕妳一醒就哭。

妳餓了，我卻分泌不出乳汁，醫院推行母乳親善，非要我餵母乳不可。護士幫我拚命擠，外婆幫忙煮來地瓜葉水通奶，妳還是沒得吃，小嘴哭起來的聲音是咿啦——咿啦——像是在捲舌。

失去了臍帶，妳沒了胎盤的營養供應，終於知道飢餓的感覺，我們不再是生命共同體了。

但是妳似乎仍能同步感知我，當護士把埋了兩天的針頭從我的手臂抽出，我疼得倒吸了一口氣，同時原本熟睡的妳尖叫一聲，大哭起來。妳還能感覺母體的痛嗎？即使我們的血流已經被切斷？

以前中國有個荒謬故事集，叫做《二十四孝》。裡頭都是一些怪力亂神的故事，其中一個故事是孝子曾參上山砍柴，母親為了家裡來客，急著召他回來，不知不覺咬了手指頭，結果曾參就急著下山來了，說心裡突然好慌啊，是不是媽媽出事呢？

當然這故事很誇張，試想如果曾媽媽經痛的話，曾參家大概一個星期沒柴用。但是這個故事很浪漫，它通過共情共感，訴說兩個人類之間能夠擁有的最強烈羈絆。

我後來讀到了報導，不只是我的血液留在妳身上，我的免疫細胞留在妳身上，妳身上的細胞也會透過胎盤，流入我，甚至在我體內繼續活躍數十年，參與我的代謝、我的免疫系統。也就是說，我們的身體仍持續互相影響彼此，直到妳成年，直到我老去，直到我死去。死生羈絆，甚至不需要妊娠紋來證明我們曾經一體，妳消化我的血液，我的哭泣是妳的夢境。

愛妳的媽媽

蘑菇元年
七月

#1

昨晚蘑菇做惡夢，一夜不安穩，早上大雨把晾的衣服弄濕了，副食品打一半攪拌棒壞了，拿出果汁機來把剩下的打完，分裝時滴得滿桌，發現螞蟻快樂奔走在桌上排列整齊的分裝杯裡，吃飯時間蘑菇竟然叫不醒，連大便擦屁股都繼續昏睡，擦到一半我媽來電，於是蘑菇一腳踩到大便裡，我想今天還有什麼好不順的，轉頭拿吹風機的一瞬間蘑菇醒來，然後嘩嘩地尿了。

我現在和蘑菇擠在床單乾燥的區域，好想喝杯熱咖啡。

#2

蘑菇昨晚第一次發燒了，有點鼻水，也許是因為打預防針的關係。

燒到38度，第一次面對小孩發燒，我還是不知所措，用溫水輕輕擦拭她的額頭和手臂，溫度降下來，一會兒又升高，護士說如果燒超過兩天要看醫生。

蘑菇睡得很不安穩，一直在夢中發出小小的哭聲，哼哼噗噗聲，還有小小的笑聲，整夜我摟著她，輕拍她，再次感受到不管蘑菇平時表現得多麼早熟，她其實真的好小好小。

廿3

昨晚夢見了白玫瑰教堂，是用台灣早期那種圓形馬賽克磁磚做的，拱頂是五星形，拼貼出複雜的玫瑰圖樣，全都是淡粉色和白色小磁磚，拼起來精緻又高雅，教堂裡充滿了巴洛克式的雕塑，我一邊看一邊讚嘆，想著台灣竟有這等好建築，我醒來一定要帶蘑菇去看。

醒來才想到這又是夢中的風景，去不成了，蘑菇在身邊睡得打鼾，小鼻子小嘴巴呼呼響，她夢中有沒有這樣一座教堂呢。

編織

我最拙於編織
不管是圍巾，手套
辮子，故事
或者一段簡單的小旋律

總在中途發現漏針
而且往往不只一處
最後我只好全部拆掉
所有絲縷都破爛起毛

如同人生的無望標記
或者我就此擱下
讓殘缺的無指手套
不明所以的短歌
都加入後悔的廢墟
如今我又回頭溫習
那門早就抛下的技藝
為妳
我活動生鏽僵硬的關節
拂去絲線上的灰燼
重新編織

那首我奮鬥多年
遲遲不能圓滿的歌曲

我得快點做，即使我聽不到
這首歌的結局
我得開始做
即使我看不見
故事化為數千種翻譯
手套不是為我而織
圍巾趕不上我的冬季
我得拚命做，為妳
為妳，以及為妳

妳是故事的完美結局
妳是靜待填入的關鍵詞語
妳是等候釋放的蝴蝶髮帶
妳是那漫長，漫長冬季裡
即將到來的真實暖意

#4

夢見黑白蕾絲紋樣的錦鯉，夢見春光明媚的花園，夢中好友告訴我他已經過世了，我在夢中寫了一個如絲柔順如紫羅蘭嬌嫩的角色給他，讓他永遠活在故事裡。醒來，沸騰的心痛持續好久，蘑菇卻用一副「管你的我就是要睡」的態勢一邊大字型睡覺一邊噗噗噗地拉屎，文青媽媽混亂的腦袋每天都在上演這種跳接。

#5

之前讀了一篇〈對 Facebook 講大話，對 Google 說真話〉的文章，我想，當媽之後，我確實在臉書上猛說大話。

比以前更刻意地貼美食照，彷彿這麼做就可以宣告自己很好，並沒有變成臃腫垢面的黃臉婆，宣告我並沒有被當媽擊潰。一張美食早餐照的背後真相，可能是昨晚寶寶哭鬧不吃奶又鼻塞折騰一夜，直到凌晨才昏昏睡去。

這才是當代母親的難處，辛苦的程度差不多，但是我們要活得很漂亮，而且要驕傲，因為我在打造的是下一代的價值觀。

當我意識到自己在說大話的時候其實是很苦澀的，我並沒有成為神力女超人，我並不是真的實踐了兩性分工平權，我一樣深受社會的束縛與壓榨，一樣卡在親職教養的傳統與現代等諸多門派中，被各種聲音質疑否定夾殺，但我假裝自己很好，沒事，這些東西都傷不了我。

而且我知道有時候假裝假裝著，就會成真了，我一定要做給蘑菇看，女人要對自己好，世界才會好。

蘑菇元年
七月

。_____。

#6

蘑菇每天都會長大一點點，反抗一點點，今天早上她睡飽了，在我用枕頭圍成的小城池裡（我把她和我自己用枕頭圍起來，避免我們任何一人睡到掉下床去）嗚嗚叫，沿著城池爬來爬去（大概爬了三圈之多），吃了兩口奶就拒絕再吃了，睜著圓圓的眼睛拚命看書架，她昨晚撕壞了《NO, DAVID》，啃濕了《小小迷路》，書架上還有很多她尚未染指的書。

我把她拎起來吃藥，看著我調藥粉，拿滴管，她馬上把嘴巴緊緊地抿起來，因為眼睛很小臉又圓，她的表情看起來就像

我趁她張嘴換氣時把藥水擠進去，
表情就變成

>______________<

然後把雙手塞進嘴裡，兩眼一閉，變成

就是「管你的我要睡覺誰都叫不醒我」的意思。

當我在違反她的意志時，都會一再感受到自己有多巨大，她有多小，希望這種權力不對等的警覺能時時縈繞我心，提醒自己面對世界時也要如此謹慎清醒。

#7

擠奶手瘦，切菜手殘。

蘑菇元年
八月

#1

之前讀了一本《女巫與幻獸》，是本女性主義奇幻小說，當女巫突破自我侷限、釋放家族傳承三代的幻獸時，幻獸們呢喃著各種自由：隨意漫步在月光下的自由、隨意飛行與獵食的自由……那些看來毫不起眼的自由，都是女人一生漫長的等待、爭鬥、虛與委蛇、步步算計然後如果命運恩賜，方能獲得的。

我慢慢理解女性壓迫不是上個世紀或這個世紀的事情，這牢獄的根與柵欄比我所能看見的更深更巨大，我只是一直走在其中一條陰影中，以為我看見那條篩落的小小一片陽光就是世界了，就是自由了。

做為女人，我慢慢理解自己拚命追求的自由

與安全感，很可能是男人習以為常，不必爭取就能擁有的東西。

#2

蘑菇能爬能滾了，也能撐著自己坐起來然後又倒下去，不斷地撞到各種旁邊的東西，最常撞到的，是我的臉。

一個月就這樣過去，連雜事都還沒做完，發現腦袋跟肌肉一樣，都需要慢慢復健，思路鈍鈍的卡卡的，常常有電接不上的感覺，或是訊號傳不過去，傳過去了卻解讀不出來，只是因為半年沒睡飽就可以變這樣，腦傷太可怕了。

廿3

蘑菇早上去抽鼻涕，結果她暴怒狂打醫生，然後還得到了米餅，人生。

#4

崩潰，剛剛莫名把蘑菇在子宮內的心跳錄音檔刪了，我覺得好生氣沮喪想要喝酒。

#5

蘑菇半夜發起高燒，我就著床頭微光研究退燒塞劑和她的小屁股，心中默背了一遍《猜火車》。好多影像都想不起了，他們搶錢的過程、馬克和黛安調情的台詞，都想不起來，記憶已經像過薄的視網膜開始破洞了。

昨晚幾乎沒睡，在幫蘑菇擦身體，同時懷疑著小孩燒到39度就給退燒藥到底是好還是不好，我可以清楚地感覺到母乳給小孩的保護越來越弱，蘑菇的身體免疫系統開始覺醒，這樣一發燒就拚命讓她退燒，是否過度干擾她的身體運作呢？

蘑菇很少正眼凝視我太久，或許是因為跟我太熟了，但是今天她突然盯著我猛看，然後伸手試圖把我的鼻子擰下來，發現擰不下來，就用嘴巴咬咬看。流鼻涕流到想換鼻子的痛苦我懂，但媽媽的鼻子也沒有比較好。

#6

被醫生勒令和蘑菇保持隔離以免繼續互相傳染感冒，所以蘑菇晚上去跟阿公阿媽睡覺，我雖然頭痛眼睛痛喉嚨痛骨頭痠痛（不知道是不是流感，懶得做快篩了），卻驚訝無比地發現，今天整個晚上的時間，都是我一個人的。

所以我用抽筋的媽媽手抄了詩，又讀了新書，又洗了澡，又擦了乳液（之前為了蘑菇喜歡亂舔，我已七個月不擦保養品），又擦了護唇膏，又點了眼藥水（忙到連眼科也沒空看，常常忘記上廁所），一看時間，才11點，噢，好幸福噢。

廿7

蘑菇和我，鼻塞喉痛，兩個人都睡不著，乾脆起來讀書，她讀《小小迷路》，我讀《阿南西之子》，她讀一下就來搶我的書，又搶眼鏡，過一會兒又抓著嬰兒床架站起來，成功地從置物籃裡撈出玩具，再一會兒拿張面紙撕得碎碎地吃（到底有什麼方法可以阻止嬰兒吃衛生紙？）又抓著玩具唱歌，又笑得咯咯咯的。唉，最後蘑菇總算是睡了，大雨中我卻一咳再咳，怕把她咳醒了，現在蹲在廁所裡，一邊咳到吐一邊想起去年孕吐的慘狀，生小孩之後文學都是廁所裡的。

剩菜

剩菜不要吃了
丟掉

可是
要剩到什麼程度才可以丟掉
剩下大半碗
沒有味道的飯
或是剩下湯汁多於菜梗

或是已經吃乾淨了
只剩下一點點海苔屑

進入冰箱以前，都要想一遍
剩餘的時間
加熱的時間
人生是這樣堆砌著

蘑菇元年　九月

廿1

蘑菇真是有趣，已經記得醫生等於抽鼻涕，進了診所，聽我跟醫生說話，大人話一說完，她就哭了，知道不妙。

一邊哭一邊向醫生撲過去討抱抱，把醫生嚇了一大跳，她面對威脅的解決方式竟然不是逃走而是擁抱，好可愛啊。

這兩天突然開始分離焦慮了，以前對我愛理不理的，現在沒事就要媽媽抱，她是什麼時候突然決定「媽媽是我的」呢？人的心理變化真奇妙，好想知道那個臨界點是怎麼產生的啊。

#2

蘑菇不顧眾人的異議，硬是要站起來，她喜歡站著看她之前看不到的桌面、站著把玩具從盒子裡撈出來、站著唱歌，一邊唱一邊搖屁股甩頭，活像是一隻超大沒毛的巴丹鸚鵡。

最近會發出連續的八八、嘛嘛聲音，但還沒有辦法對應到人。想起剛生產完，好害怕蘑菇不愛我，我不能夠理解小孩天生愛父母這件事情，除非父母善待她，讓她信任這個世界。我想蘑菇可能算是喜歡我對待她的方式吧，她最近甚至會開我玩笑，從後面爬過來拍我，發出嘿嘿的吼聲，然後我回頭假裝嚇到，她就笑了。

我也很驚訝自己會這麼愛一個人。

明天就是父親節，小阿姨在上週意外離世，家中氣氛非常低潮，我帶蘑菇提前回家過父親節，吃了簡單的雞湯，爸爸媽媽抱著蘑菇疼著、愛著，蘑菇真是療癒系神奇寶貝，有她在，什麼事情都好了。

〈盆栽〉

母親在路邊種了很多，很多盆栽。

用破爛的保麗龍盒子裝著，看似雜草般醜陋凌亂的盆栽，小白菜滿布著灰塵，石榴被蟲子咬得細瘦。但是母親仍然每天喜孜孜地澆水，並誇耀著她的雞蛋花。仔細一看，小葉冷水麻之類的野物，青翠可愛。

父親的唐印去年買來，不過嬰兒手掌的大小，今年已長得雄壯威武，渾厚有如一盆鬥牛犬般。

小小的芙蓉葉精巧有致，適合印在秋天的信箋上。

父親正在沖澡，母親正梳妝，我靜靜提著垃圾，煩惱等一下父親節餐廳將如何客滿，這是我人生富裕奢侈的一日。

2013 年的父親節，我寫了上面這一段文字。
2017 年，蘑菇開始會得意地搖屁股，稱讚她時，會露出不可一世的笑容，把外公外婆逗得好樂，晨起時她會賴在我身上吸著手指，享受我的輕拍撫摸。

把這些甜美鑲進心裡，這是我的旅程。

#4

蘑菇拆了嬰兒床的收納盒，在大床上狂爬，撞到兩次牆壁，給我左右眼各一拳，咬爛我的奶頭，同時不間斷地叫喊了一個半小時才睡覺。我終於見識到老嬰不斷電的威力。

#5

今天早上蘑菇醒來，沒有像之前那樣鯉魚打挺的翻身坐起。而是慵懶地睜著眼睛，手腳自然地舒展著，靜靜躺著不動，那種表情我很熟悉，就是：「好舒服喔，怎麼會這麼舒服……這是什麼舒適的早晨呀……讓我好好享受一下這個時刻……」

懶懶不想動的冥想時刻。

小孩就是可以躺在床上冥想到被媽媽拖起來上學為止。

唉我好想當小孩喔。

#6

記一下，蘑菇昨晚放開雙手，自己站了三秒鐘，還抬頭對我咪咪笑，很得意。

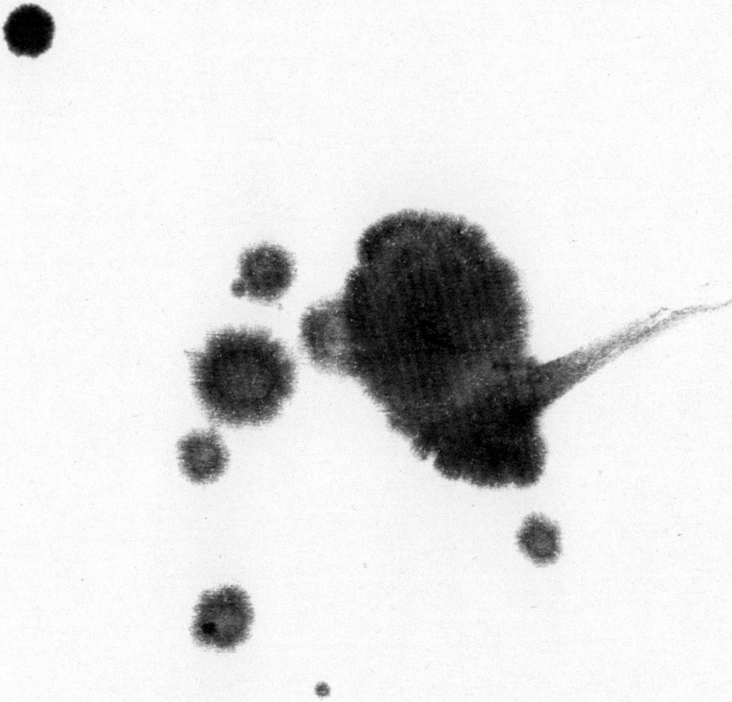

蘑菇元年 十一月

電影《我就要你好好的》裡面，癱瘓的男主角有一場坐在車內的戲，車子開到了家門口，他說：「我還不想進屋去，想多停留一下，想當那個帶紅衣女孩去聽音樂會的男人。」

進屋去，他就又是那個全身癱瘓的病人了。

藝術是那台車子，讓人在瘋狂的生命悲劇中場休息，憧憬更多生命的可能。

我現在也會在車上多停留一下，多聽一首巴哈，只要打開了車門，我就是媳婦、妻子、母親、女兒，女人一生的枷鎖都等在門外，那些舞步從不停歇，節奏等著妳去迎合。

蘑菇元年
十一月

女人一生都在滿足那些身分，那些不是她的部分，直到傾空自己，紅舞鞋是恐怖童話。奴隸制度會告訴女人正是這些身分成就並改變了她，女人是被造就的，女人即是仿生人，仿生人會夢想擁有電子羊嗎？

蘑菇正在急速長大，開始有她自己的樣子，她幽默、好動、以這個年紀的幼兒來說頗有自持能力，我想像不到她被框進任何一個模型的樣子，她是如此地渾然天成。

2049 將是她的年代，也是我的年代。我們會夢見電子羊嗎？

媽媽的夢

媽媽該睡覺了
又蹲在廁所寫詩

詩寫了一半
碗盤沒洗
衣服沒晾
站起來晾衣服

發現還有一半的身體
留在馬桶上
一隻奶子
留在女兒嘴裡

吐

鮮奶油掉在褲子上
像嘔吐物

鬆餅吐在鍵盤上
咖啡吐在滑鼠上
嬰兒吐在自己身上

我的詩左閃右避
那些噴濺的穢物

繞過胃酸，迷走小腸
最後終於抵達了天堂
馬桶既親切又乾淨
那裡，詩和屎
都被鄭重地洗浴

那裡，衛生紙承接全世界
人活得像人
鬼不必裝神
至於不消化的恨
則得以逐條鬆綁

蘑菇元年
十二月

廿1

昨晚忙亂沒記錄下來：蘑菇晚餐吃飽了，拿著地瓜片哭，我湊過去安慰，她突然把地瓜片往我嘴裡塞……不知道她是不是開始會分享食物了，還是「這東西我不吃了媽媽幫我吃掉吧」的概念。

小孩子真奇妙，總是有那種「欸怎麼突然就會了」的驚喜時刻。

#2

白天稿子寫一半，睡不著，被蘑菇拿神奇病毒口水抹嘴，於是喉嚨痛到醒來。

當媽以後有很強烈的孤島感，過去的朋友聚會我常常不能參加，朋友們覺得我當媽以後變成了典型的曬娃魔人（我超克制的好嗎？），感覺被流放。但與其說我在曬娃，不如說我在奇幻旅程，有點像是我突然養了頭科摩多龍，因為牠實在太大了，我的生活一瞬間被牠填滿，從此每天我的創作和思考都充滿科摩多龍（以及牠神奇的病毒口水），但是如果我真的是養科摩多龍大家只會說好可愛好酷炫，每天曬龍照會被推爆吧。但是養娃只會被討厭而已。

這個社會對母親有恨，對兒童厭惡，用教育制度毀滅人的成長欲望，然後又常常激情地用唯一死刑和鞭刑來維護兒童生存權，我真的覺得我會精神分裂。

#3

突然又想起〈老鼠的字盤〉，老鼠媽媽深夜溜進兒子房間打字趕稿被發現的溫馨故事，我猛然領會老鼠媽媽是在一整天家務忙碌事務操煩到深夜一切工作都塵埃落定最後一塊抹布掛上之後，才溜進兒子房間趕稿，她可能還沒洗澡，一整天也還沒尿尿，想到這裡眼淚馬上飆出來。

#4

蘑菇睡了，我躺在旁邊瞪著滿室黑暗，爬梳今天一整天發生的事，然後預想明日一整套的行程，沙盤推演每個轉折與細節：裝水壺，開冰箱，拿副食品，穿外套，戴手錶，拿手機，把一切上學用具放上車，叫醒她換尿布，然後抱她坐安全座椅，明天要煮牛肉泥得多買蘿蔔，經過Hola記得要買罐黑豆茶送給她的幼兒園老師。如此細細預排過去，如編織了無數個重複網絡的蜘蛛，每次編織都有一些些不同，有一些些微小的意外與破洞，但旁人看起來都是一樣的，蜘蛛做夢嗎？牠也每每在睡前預想隔日的構圖嗎？

我是活過兩次的女人。

#5

昨晚睡得很差（有蘑菇以後有睡好過嗎？）腦子裡不斷地編寫著文章，預備明天在電腦中重謄一遍，但是蘑菇一定要與我同睡（腦袋還要靠在我身上），我常常覺得我們腦中的想法會混到一塊，比方說我思考得太快、太大聲了，蘑菇就會醒來。

所以連思考都要小小聲地，同時蘑菇如果夢得太大聲了，我也會被她影響。

昨天讀阿布拉莫維奇，發現這種腦波同步並不是空想，陌生人光是眼神對視就可以同步腦波，在澳洲和原住民同住還可以發展心電感應，所以嬰兒與母親真的是鼻息相連——翻成白話說，蘑菇睡覺，我就不能趕稿的意思。

活過兩次的女人

「我真希望一天有七十二小時，
因為一天四十八小時遠遠不夠。」
女人說
因她已活過兩次

「麵包、蒜頭、奶油、膠帶。」
鬧鐘響起，她的宇宙就開始快轉
要完成的工作如下——

麵包放進烤箱、蒜頭先剝皮拍碎
奶油拿出來退冰，順便
晚餐青菜要先放進乾淨的流水中清洗
伸手拿膠帶、把購物清單用膠帶黏在門上、
開門、拿牛奶、關門、餵狗
熱牛奶，麵包跳起，奶油剛好軟化到
可以柔順塗抹的程度

她在腦子裡，把整個早晨都跑過一遍了
然後才睜開眼睛——
麵包切片！放進烤箱！青菜！
蒜頭！（快要用完了今天得多採買）

奶油！膠帶！牛奶沸騰！狗！
孩子上學了！衣服！帽子！
第二次的人生充滿變數——
「媽媽我今天要打球，晚一小時接我！」

孩子的時鐘撥慢一小時
她就得撥快一小時
如此一來，她就多了兩小時
先把衣服放進洗衣機、再衝進超級市場
（噢她記得買蒜頭）
順著時差的餘波，掃過停車場
掠過乾洗店，再逆時差衝回來

蘑菇元年
十二月

抵達學校大門時，時間必須精確得不差一分一毫
比起來，灰姑娘的午夜魔法委實粗糙
如果你經過她身邊，會感覺到一陣風
定睛，也能看見普通、朦朧的五官
然後你會忘記她的臉
活過兩次的女人明白
時光旅人不應留下痕跡

活過兩次的女人
擁有撥弄時針的能力
她最重要的工作
就是操縱時間的誤差值——

上床時間推遲了，就把起床調快些
打卡秒針鬆懈了，工作速度得加倍
她的手上有一千個時區，分屬孩子、父母、工作
以及她可憐的丈夫
這幾塊大陸，爭奪星球的晨昏
她是傾斜的地軸

活過兩次的女人
擁有奇妙的丈夫
那是個隱形人
會發出聲音，但看不見他
最不可思議的是

她都活過兩次了
兩次的人生裡
他都不在場

如果你問活過兩次的女人
生命的啟示是什麼？
（你一定想問的，誰不想一天擁有
四十八小時？）
她是否願意分享，操弄時空的超能力關鍵？
她都什麼時候睡覺？
她是否能夠管理自己
不同凡響的人生？

「噢親愛的，我不睡覺，
當我閉上眼睛時，就是去了別的地方。」
她說，孩子總是在喊餓，先生總是在叫
腦中預先活過的人生，和實際操作起來
總是不一樣，你得適應
然後拚命趕上差異

「我覺得，女人總是在覺得……
我覺得我活得就像達利的瘋狂食譜：
擁擠、持續尖叫、色彩繽紛又飄飄蕩蕩
但那本精彩萬分的食譜裡什麼都有
卻沒有寫上我的人生。

我都活過四十八小時了
還是只能在車子熄火以前
閉上眼睛，緊握著把手
好好享受那四分鐘的巴哈……
你知道時光旅者都喜歡巴哈嗎？
那些曲子是他妻子做出來的，不是他。
女人總是在指揮、總是在彌補……
我有時候真捨不得開車門。」

乳房

Dear,

生下妳兩小時後，護理師立刻協助我開始哺乳。推行母乳的政策，三天住院期間一定讓媽媽親自哺餵小孩，藉以催生乳汁。除非嬰兒體重掉得太快，否則一律不給配方奶粉。

剛生產完，我的身體和精神都處於分崩離析的狀態，抱著小小軟軟的妳試圖哺乳，下半身因為生產劇痛，幾乎無法坐起。好不容易把奶頭塞進妳的小嘴，應該分泌乳汁的乳房卻沒有動靜，妳吸了兩口，又滑出來，餓得哇哇大哭。我抱著妳也好想哭，每個護理師都來幫忙喬奶、擠奶，算不清有多少隻手捏過我的乳房了，感覺自己像是市場水果攤上的柿子，被捏得爛爛腫腫的。

其實我不喜歡自己的乳房，討厭乳房被碰觸，碰到乳頭的時候，我會想吐，所以餵奶非常困擾我，但是醫生、護士、母乳協會、整個世界都拿出數據逼我非餵不可。我不知道厭惡自己的乳房應該算什麼病，我查不到，但是為了哺餵妳，我得跟這種厭乳情緒正面交鋒。

左乳又比右乳反應更明顯，左乳被吸吮的時候，我會陷入暴躁、噁心、反抗的複雜情緒，彷彿沉痾已久的情緒淤泥被攪動了，我無法辨認出噁心感連結到哪些具體事件，只知道洶湧的負面能量正在襲捲我、吞沒我，只知道當妳吸得津津有味時，我必須握緊拳頭，拚命控制想大吼大叫、想推開妳、想撕裂自己的反射動作。

哺乳打開我身體的陰暗通道，如果肉體也能擁有記憶，我懷疑乳房接收了所有我不能說出口的憤怒、羞辱、悲傷、自責，我懷疑不快樂的女人會罹患乳癌，是否正因為乳房也是一種情緒容器，當乳房過載了壞東西，就生病。

我的壞東西是甚麼呢？是不是因為高中的黑暗記憶？因為騎單車時被尾隨的機車騎士強摸了乳房，我卻只能無助地大叫，無法追上去親手殺死那個猥褻犯？

是不是因為國中的黑暗記憶？當我月經來潮外漏，粗神經的我卻毫無感覺，直到站起來走兩步才發現運動褲已經一片血腥，在大庭廣眾之前羞愧不已？

還是因為國小的時候，乳房發育得早，我在操場奔跑、蹦跳時，乳房的跳動成為男同學們恥笑的目標，因為乳房太大，讓我進入從此長達一年半（或是更久）的被霸凌與自我否定？

或是因為更年幼時，我的母親禁止我在海邊像弟弟那樣脫個精光下水遊玩，因為我是女生，暴露乳房和下體是引人遐思的，所以她必須要保護我？

乳房是這個世界威脅我的把柄，身為女性，我的成長有太多太多負面經驗了，而我還是個被媽媽保護得很好的女人。

如果是，那妳會不會把這些負面能量吃進去了？

如果是，這些我都認不出來的壞記憶、壞情緒，會不會害妳生病？

我一邊餵著妳，一邊感覺到恨，恨妳即將要面對的那個世界。那些恨從我身體裡汩汩流出，我想遏制，我不想給妳吃壞東西，但是卻無能為力——沒有人會相信我的理論，只會被當作產後憂鬱引發的胡思亂想而已，所以我一邊餵妳，一邊流淚，希望邪惡能量從我的眼淚中都流走，別汙染妳。

愛妳的媽媽

蘑菇二年

一月

廿1

去年此時正在醫院待產，回想起來，當時我非常害怕。

整個懷孕的過程我都非常害怕，一個月一個月地過去，身體怎麼會變這樣？我該怎麼面對這種身分轉變？我會變成什麼樣的人？上一代母親因為被壓迫，只能告訴你自然而然就會當媽，細節如何，因為當年真的太辛苦了，所以大腦就自然忘記了。

回想起來我真的是既恐懼又無助，進了醫院更是怕得不得了，但是必須假裝鎮定，那麼多的陌生人來來去去，沒有辦法處理我的恐懼，我就躲進大腦深處。

蘑菇二年
一月

和蘑菇磨合了一年，慢慢地，找到彼此的定位，也學會信任這個小小生物，同時回頭審視過去的生命，對母親抱著滿滿的感謝，雖然母親既糊塗又天生藝術家性格（我說我媽，不是我），但她願意花費時間陪伴我成長，就是無上的愛。

#2

蘑菇折騰了兩天兩夜，又燒又咳，早上起床
竟然跟我說：肚財——（大舌頭）
會講肚臍但是不願意叫媽媽，奇妙的小孩。

蘑菇二年
一月

媽媽的骨灰，可以吃嗎？

媽媽的骨灰，可以吃嗎？
可以吧。
但是好吃嗎？
撒在巧克力醬裡面，配土司吃
媽媽的骨灰像糖粉吧
輕輕抱住我的味蕾

或是燉一鍋馬鈴薯燉肉
記得放一大匙味醂
然後用媽媽的骨灰代替鹽
鹽從她的身上落下來
想起第一次和媽媽去海邊
海沙在雙腿之間
細細摩擦

或是烤一條新鮮的鱸魚
用迷迭香和清澈的夏布利酒
媽媽的骨灰抹在魚肚
腸子都拿掉了

在岸上
魚不需要鰓，媽媽的手
慢慢填滿空腹

或是快炒一道洋蔥蛋
媽媽的骨灰融在蛋液裡
我記得她還會加一點點白糖
洋蔥蛋就會燒出好看的褐色紋身
咯吱咯吱，一點一點地消失

啊剩下一點點了，媽媽
就要被我吃完了

再也沒有可以親吻媽媽的機會
把骨灰倒進白開水裡面
媽媽在杯子底部輕輕飄浮
慢慢沉澱

媽媽今天在我的身體裡面
就像我曾在她的身體裡面一樣
明天，後天，大後天
媽媽就又會離開我了
以汗水、以眼淚、以大小便
以各種自然的方式分手

然後我也會慢慢消失
慢慢地進到別的世界去
我們是骨肉，我們是水珠
是泡沫，是音樂
是海洋是山是河是石頭是樹是小松鼠
是孤島是懸崖是愛是奈落是塵埃

蘑菇二年
二月

#1

生命是河，而妳在水流中發亮。

#2

蘑菇又燒了，因為不會講話，很多不舒服只能哭，或是發脾氣。

多少女人識字，卻仍困於沒有發語權，或是她們明明說了話卻沒人聽得懂，於是只能哭，發脾氣，或是她明明理性地在溝通，人家還是覺得她一哭二鬧三上吊。

至少蘑菇每次病，媽媽都跟著病，所以我可以用身體去經歷她說不出口的，肚子痛了，頭痛了，我懂。

蘑菇二年
二月

#3

懷孕到生產，我的時間感和方向感都受阻，彷彿大腦專司方向能力的窗戶被罩上一層氣泡布，或是檔案被加密，我知道能力在那裡，卻提取不出來。

後來讀了文章，才知道懷孕時大腦確實會關掉方向認知和時間感這些區域，為了讓母體轉而發展關注照顧幼兒的能力，這些用來移動狩獵的能力會被捨棄掉。

所以我一直懷疑我媽就是牛了三個，所以方向感徹底壞了長不回來，我真的是對不起她。

天堂長牙

1

抱著妳就像抱著天堂
睜眼，天堂就笑了
天堂長了兩顆牙

2

天堂長了一、二、三、四顆牙
天堂喜歡她的牙

咬咬木頭欄杆、咬咬玻璃蓋
咬咬手指頭、是自己的就哭兩聲

3

天堂長了八顆牙
需要休息一下
要長頭髮、要長睫毛
要長高、長胖、長智慧
要長那麼多的東西
天堂好忙
忙著長大

跋

愛與信任

懷孕時，我最大的恐懼，就是愛。

如果我不愛我的孩子怎麼辦？

如果我的孩子不愛我怎麼辦？

我無法相信世上有所謂天生的愛，世界把母親的形象塑得太完美了，太自然了，小孩一出生，就應當擁有母親滿滿的愛，甚至有許多產婦一見到新生兒，馬上感動落淚說我當媽媽了。

讓我們回到妳出生的那一刻，經過十三小時的疼痛驚恐，我癱在產檯上動彈不得。護士把妳抱到我懷裡，讓妳貼在我胸口二十分鐘，因為根據醫學研究，新生兒要盡快與母親貼膚接觸，建立共同的菌群和其他既專業又神秘的連結。

那二十分鐘並不浪漫，因為醫生正一邊談笑風生一邊縫合會陰傷口，我可以感覺到針線穿過皮肉，同時妳的父親則快樂地在旁邊研究胎盤，總之我們的初次見面充滿干擾。

二十分鐘裡，妳緊閉著眼睛，陷入沉睡。並不如書中所說，新生兒會在出生的二十分鐘保持清醒，事實上我們連眼神都沒有接觸。這大概只有我知道原因了——出生的時間點，正逢妳的午睡，妳在子宮中的作息我最清楚。空氣、光線和噪音干擾了妳的睡眠，現在妳又回到夢裡去了。

我輕輕摸著妳的背，看著妳精緻、半透明的手指頭，整個手掌還不到我手指的一半長，我感覺不到愛的衝擊。

然後就開始無窮無盡的新生兒地獄，妳每一次的哭泣都是謎語，我必須解密，我必須回應，我必須在這緊密的雙人舞中跟上妳的節奏、帶領彼此前進、踉踉蹌蹌之中還得保持平衡，不被產後憂鬱或其他的東西擊潰。

但是我們慢慢開始建立一些默契了，比如說，妳會在想大便時發出用力的「摁」聲音，我可以打開尿布，靜待小動物進行排泄動作，使紅屁股盡可能保持乾爽，甚至知道妳大便要分兩段。而妳慢慢搞清楚媽媽除了是乳汁供應機之外，還是一個可以解讀妳的訊號、立即給予回應的人。每一次妳小嘴一扁，我就會抱抱妳，看看妳哪裡不舒服了，什麼要訓練小孩自主能力的書，都去吃嬰兒大便吧，嬰兒就是因為無能才會哭啊！

而當我過勞而落淚的時候，三個月大的妳竟然也會伸手摸摸我的臉，說：「欸？欸欸？」表達妳的關心與愛護，我很震驚，妳連三公尺外的東西都還看不清楚，但已經試圖和我發展好的互動，因為妳相信我，因為我曾經在妳落淚時撫摸妳的臉頰，拭去妳的淚水。

然後我突然發現，我好愛妳。

信任與愛就是這樣，從一次次的呼求與給予、一次次的摩擦與和解之中，慢慢滋長出來的，愛不是天上掉下來的神奇火箭，愛的根基是信任，信任眼前的人，信任一切。

信任會改變所有的事情，信任會轉變成信念，然後是信仰。信任就是一個人生命的礎石，愛是生長其上，綿綿不絕的花草。

親愛的，《到葉門釣鮭魚》是我最喜歡的當代英國小說，作者保羅・托迪在書中，藉穆罕默德大公的口，說了一段關於信仰，也關於愛的箴言：「你需要學著有信心，鍾斯博士。我們相信信心可以治癒一切憂煩。沒有信心，就沒有希望，也沒有愛。信先於望，也先於愛。」

當時主角鍾斯博士回應大公說：「我恐怕沒那麼虔誠。」

大公說：「我教你跨出第一步：學習去信。有一天你會跨出第二步，找到你信的是什麼。」

我慢慢理解了。

對了，這本小說的結語是：「因為不可能，我才相信。」

愛如是，一切奇蹟如是。

愛妳的媽媽

渾沌

疼痛

潮汐

佩服

鉄宣五
偕之土
蝶房夢
彩乳

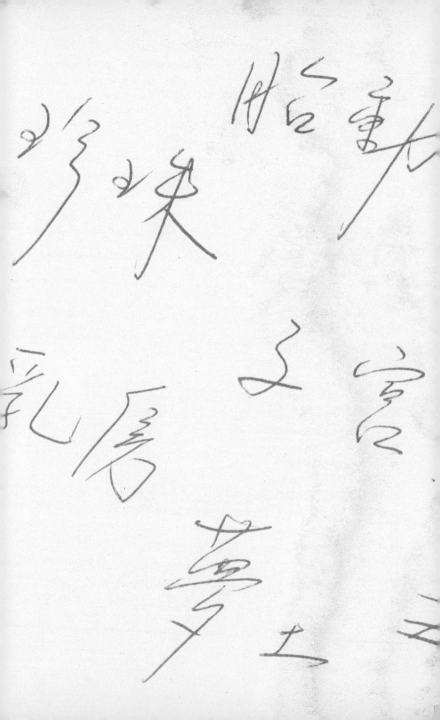

國家圖書館出版品預行編目 (CIP) 資料

負子獸 / 潘家欣著 . -- 初版 . --
桃園市 : 逗點文創結社 , 2018.07
184 面 ; 13x19 公分 . -- (言寺 ; 58)
ISBN 978-986-96094-8-7(平裝)
851.486　　　107007911

言寺 58

負子獸

作　　者　潘家欣
總 編 輯　陳夏民
編　　輯　劉芷妤
設　　計　王思匀

ISBN 978-986-96094-8-7

出　　版　逗點文創結社
地　　址　330 桃園市中央街 11 巷 4-1 號
網　　站　www.commabooks.com.tw
電　　話　03-3359366
傳　　真　03-3359303

總 經 銷　知己圖書股份有限公司
台北公司　台北市 106 大安區辛亥路一段 30 號 9 樓
電　　話　02-23672044
傳　　真　02-23635741
台中公司　台中市 407 工業區 30 路 1 號
電　　話　04-23595819
傳　　真　04-23595493

印　　刷　通南彩色印刷有限公司
定　　價　350 元
初版一刷　2018 年 7 月

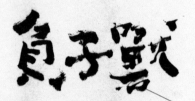